See you later, Mermaid

Dento Hayane

Kapitel
1

SCHAAAAA

SCHAAAA

KLACK

Allein
unterwegs?

SCHAAAA

SCHAAAA

Ich begegne ihm immer...

Ist schön hier, aber...

... ich hab mich einsam gefühlt so alleine.

Ich auch.

... in einer Stadt am Meer.

...!
Uh...!
Hey!
Was hast du?
HIBBEL
Hast du Schmerzen? Ist dir schlecht?
Nein, du musst jetzt nicht sprechen...
Ich rufe...
Nein, lass, alles gut.

ズビ
DROP

Tut mir leid, dass ich dich erschreckt hab.

... und ich hab was ins Auge bekommen.

Mit der Gischt ist auch Sand hochgespritzt...

Irgendwie...

Aber dass der Wind die Gischt so weit trägt...

Das war ja der reinste Distanzangriff! Mann, tut das weh!

Wah

Wah

Wie?

Deine Zigarette ...

... bin ich verwirrt.

Das ist gefährlich. Hast du einen Aschenbecher?

Ja, hier.

Hat es so wehgetan? Seine Augen hören anscheinend nicht auf zu tränen.

SCHAAA

In der Pension Hakusen.

Da bin ich auch.

Ich bring dich.

...

Hm, was?

Du kannst die Augen doch nicht aufmachen. Wo übernachtest du?

Verzei-
hung, Herr
Higaki.

Sie
haben das
Ballonblumen-
Zimmer. Ich
bringe Sie
hin.

Danke.

ざば

SPLASCH

SCHAAAA

Ja...

Ja.

SCHAAAA

Okay, dann...

... vielen Dank schon mal...

Wie es ihm wohl geht?

KRAH
KRAH
BIEP

Ich war so durcheinander, dass ich der Hausdame gleich auf mein Zimmer gefolgt bin.

Hast du auch Augentropfen reingemacht?

Ah, ähm...

Hä?

Danke, dass ich sie benutzen durfte.

Kein Ding... Ist 'ne Angewohnheit von mir, alles Mögliche mit mir rumzuschleppen.

Ha ha, obwohl du so wortkarg bist, bist du ein ganz fürsorglicher Typ, was?

Wa...?

Ich bin hier, weil ich dich fragen wollte, ob ich dich als kleine Entschädigung auf einen Drink bei mir einladen darf.

Na ja... Ich hab ja von deiner Fürsorglichkeit profitiert.

Gar nicht...

Trinkst du Alkohol? Ich lad dich ein.

Im Urlaub kann man doch einfach mal nett zu anderen sein und sich von anderen nett behandeln lassen.

Oder? Was im Urlaub passiert... du weißt schon.

Wir sind uns doch nur zufällig begegnet. Du brauchst dich nicht zu revanchieren.

Gerade, weil es ein Zufall ist!

Ganz genau!

Was im Urlaub passiert...

Und du hast mich schon verheult und mit laufender Nase gesehen.

Ich war in letzter Zeit ein bisschen erschöpft.

Das hier ist so was wie eine Flucht vor der Realität.

Flucht...

Also, dann betrinken wir uns doch!

Ich fühle mich seit langer Zeit...

Es soll hier einen guten regionalen Sake geben.

Siehst du?

Vielleicht ist es bei mir auch was in der Art...

Wie heißt du? Ich bin Kazushi Kimijima.

... mal wieder ein bisschen unbeschwert...

Tatsumi... Tatsumi Higaki.

AAA

SCHAA

Ich bin betrunken...

... ist es gleichzeitig auch beängstigend?

Mag ja sein, dass es cool ist, wenn man im Urlaub den anderen nicht wirklich kennt, aber...

Alles okay?

Ich könnte doch auch ein flüchtiger Mörder sein...

Hä?

PLICK

Gut, dann ein Yin-Yang-Meister...

Jetzt komm, wir sind hier in Japan!

Oder vielleicht ein Zauberer...

Tatsumi... Du... bist also ein Mörder?

Es wär besser, wenn ich etwas wär, was einen Namen hat...

Ich hab nämlich eine seltsame Kraft...

Ich komm aus einer ähnlichen Stadt wie dieser hier...

... und bin mit dem Meer aufgewachsen.

Gerade habe ich sie nur benutzt, um das Geräusch zu erzeugen, aber...

Das ist meine Stimme.

... ich kann mit dieser Stimme auch sprechen.

Wellenrau-schen...

Meine Stimme hat eine gewisse Macht.

... wie soll ich sagen... gehorchen sie mir.

Wenn ich mit ihr etwas zu Menschen sage, dann...

SCHRECK

Deshalb bin ich...

Ich...

SCHAA

RATTER

Das war bestimmt unheimlich, aber es wird nicht wieder vorkommen...

TAPP

Tut mir leid, dass ich so komisches Zeug geredet hab...

WUPP

RATTER

Jetzt warte doch mal!

Hä?! H... hey...

Ich geh auf mein Zimmer zurück!

RATTER

Deshalb find ich dich auch nicht unheimlich.

... ich fand das, was du mir erzählt hast, unheimlich interessant und spannend.

Als Literatur-wissenschaftler.

Gut, ich kann noch nicht sagen, ob ich dir glaube oder nicht, aber...

Ich war auch ein fleißiger Schüler.

Man hat mir oft gesagt, dass ich überhaupt nicht so aussehe.

L... Litera-tur...

Doch...

Ha ha

Ach ja?

... ich hab eigentlich genau so was vermutet.

Ehrlich?

Wenn du betrunken bist, dann trink eben Wasser.

Na los, komm zurück und leiste mir noch ein bisschen Gesellschaft.

Lass uns noch ein bisschen reden...

Letztlich...

... versprach ich ihm, auch am folgenden Tag etwas mit ihm zu unternehmen.

Ich redete mir ein, dass es...

... ja nur auf diesen Ort, auf diese Reise, beschränkt wäre.

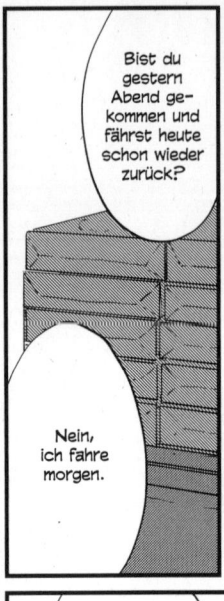

Bist du gestern Abend gekommen und fährst heute schon wieder zurück?

Was?

Nein, ich fahre morgen.

Zwei Tage, eine Übernachtung?

Hey...

Ich erledige das gern gleich.

Warum denn nicht?

Und warum willst du jetzt schon Mitbringsel kaufen?

Da ich ja morgen ...

Er tut so, als hätte er das gestern gar nicht gehört.

... sowieso zurück- fahre...

...

Hier gibt's einen Tempel.

Lass uns irgendwo hingehen!

Sag mal, hast du sonst noch jemandem von dieser Meeres-sprache erzählt?

Schaaa

Hm?

Vielleicht bring ich dich mit dieser Frage in Verlegenheit, aber...

... wollen wir nicht doch...

Hmm... Verstehe.

Ein Kind-heitsfreund... wusste davon.

Ich will, dass...

SCHAA

... du mich liebst.

SCHAAAA

Ich liebe dich.

SCHAAAAAA

Kapitel 1 — Ende

Als Kind hatte ich einen Freund.

Kapitel 2

SNIFF

SCHNIEF

Nachdem er, begleitet vom Rauschen der Wellen, eine Weile geweint hatte, fragte er...

ストン
DOMP

Er war in meiner Parallelklasse.

38

Wah!

Ja.

DOMP

Die Kirschbäume entlang der Küste blühten auf.

GRINS

Ja...

Er war wesentlich kleiner als ich...

Wir trafen uns im ersten Grundschuljahr.

Worte...

... eignen sich nicht gut, um etwas auszudrücken.

Das beweisen die täglichen Streitereien ...

... zwischen meinem Vater und meiner Mutter.

Ich kann es nicht gut ausdrücken, aber...

... geweint hat, war...

Mama ...

Papa ...

... derjenige, der damals...

... auch ich.

Du warst in dem Moment...

... endlich auf...

Hört doch...

Tatsumi!

... nicht allein.

Warte ...

Be- stimmt ...

... auf mich!

... kann das Rau- schen der Wellen...

... solche Dinge viel besser vermit- teln.

SCHAAAAA

SCHAA

Äh?

SCHAA

... klingt meine Stimme ...

SCHAA

SCHAA

SCHAA

Na ja, irgend- wie...

SCHAA

SCHAA

Was ist los?

SCHAAAAA

SCHAA

Tatsu?

Nein
...

Klingt
es so
komisch?

Was
ist?

Meine
Stimme
wurde also
unser Ge-
heimnis.

... das
sollten
wir geheim
halten.

Mir
gefällt es,
aber...

Nicht
komisch
...

Uwäää̈h

Und
dann...

Ah...

Ai?

Ich geh jetzt.

Ai!

TAPS

スタ

スタ

TAPS

Ich geh nach Hause.

KWUPP
ッ

Mir wurde klar, dass da irgendwas nicht stimmte.

RASCHEL

RASCHEL

... mit dieser Stimme gesprochen, oder?

Es gab noch andere Anhaltspunkte.

Ja.

... mit dieser Stimme verjagt?

Hatte ich nicht ihren gemeinen Bruder, als er uns am Strand ärgern wollte...

... hatte er sich ziemlich brav verzogen.

Obwohl er sonst nicht so leicht abzuwimmeln war...

... hätte es bestimmt noch ein paar ähnliche Vorfälle gegeben.

...

Und wenn ich noch ein bisschen in meinen Erinnerungen gekramt hätte...

Ich schätze, du hast die Macht...
... andere zu manipulieren.
Manipulieren?
Du hast die Kraft, sie dazu zu bringen, dir zu gehorchen.
PLITSCH
Sollen wir es mal bei mir ausprobieren?
PLITSCH
PLITSCH
PLITSCH
PLITSCH
PLITSCH
SCHAAAA
Das würde ich niemals tun!
AA

Tut mir leid!

SCHAAAA

Genau.

... es schon ausprobiere...

Tatsu ...

Wenn ich...

... dann weiß ich, was ich tun möchte.

Wenn ich andere tatsächlich dazu bringen konnte, mir zu gehorchen...

... dann gab es nur eine einzige Sache ...

Und dann haben sie aufgehört?

Hm?

Du scheinst dich nicht besonders zu freuen...

Das ist doch toll!

Ja.

Ja...

SCHRECK

Das heißt schließlich, ich hab Superkräfte!

Doch, doch!

Ha ha ha

Voll krass!

Okay...

Selbst meine kindliche Seele verstand, dass die Probleme zwischen meinen Eltern nicht gelöst waren.

Aber natürlich war damit die Ursache ihrer Unstimmigkeiten nicht beseitigt.

Wenn ich sie bat, mit dem Streiten aufzuhören, wurde der Streit kurzzeitig beendet.

Nach ein paar Tagen fingen sie wieder an zu streiten.

Es passierte immer wieder dasselbe, wenn ich sie bat, sich zu vertragen.

Und obendrein war offenbar eine seltsame Verzerrung entstanden, seit ich angefangen hatte, die Kraft meiner Stimme zu benutzen.

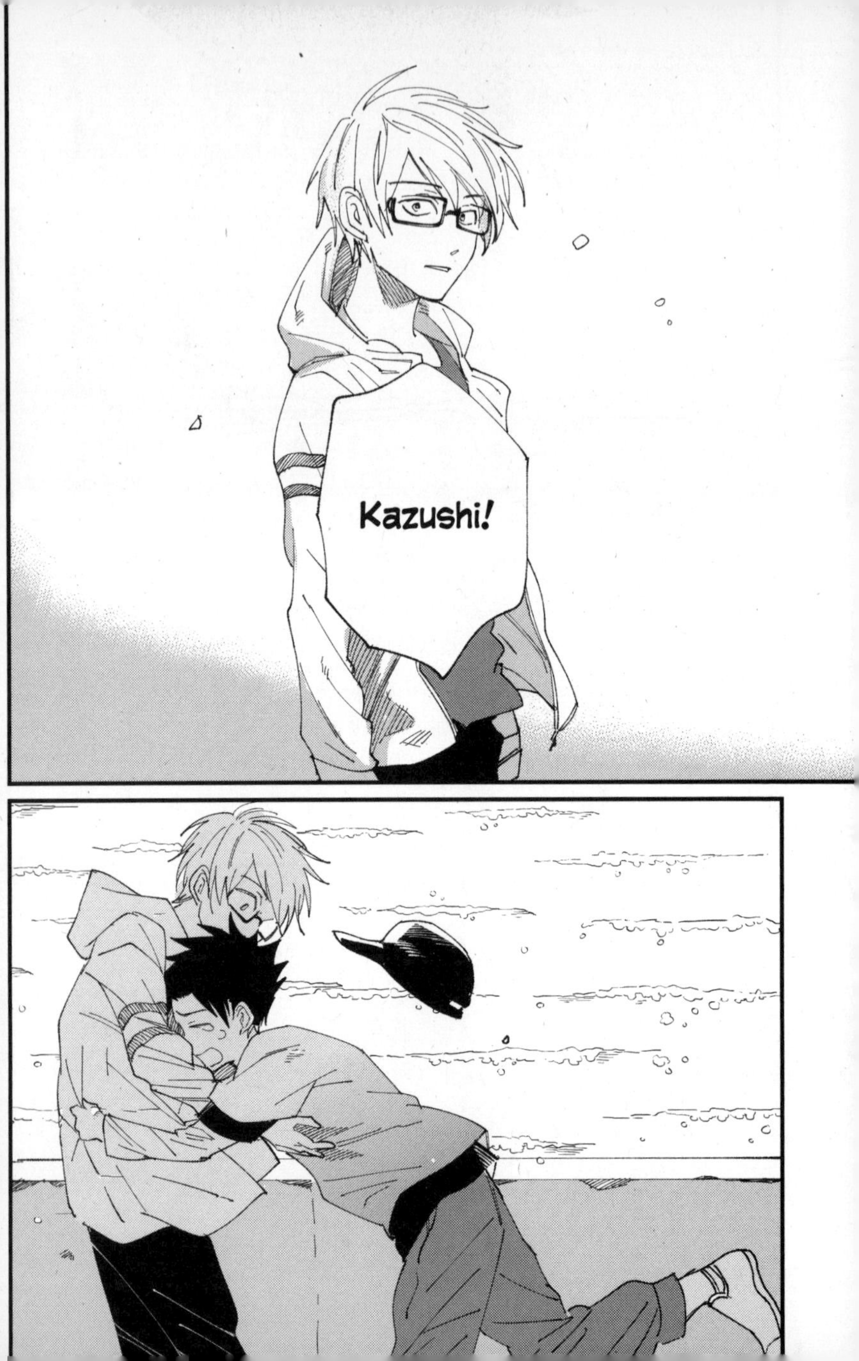
Kazushi!

Worte sind von vornherein ein Fluch.

Sie sind mächtig wie ein Fluch.

...gefährlich...

SCHAAA

SCHAAAA

Tatsumi...

... auch ohne deine Kraft...

Wir...

... sind Worte immer...

... am Meer...

SCHAAAA

... sind uns...

... begegnet.

"SCHAAA"

Allein unterwegs?

Ich und
dieser
Freund
aus meiner
Kindheit.

Kapitel 2 — Ende

...!

Kapitel
3

Ich bin so überrascht ...

Klar...

... dass es sich nicht real anfühlt.

Das Essen hier ist köstlich und die heißen Quellen sind super, aber ich wollte mit jemandem reden.

Man sieht hier kaum mal jemanden in unserem Alter, der auch allein reist.

Wieso ist Kazushi hier?

Hey, kann ich eine rauchen?

Nerve ich?

Du bist ziemlich wortkarg.

SCHAAAA

SCHAAAA

Nein...

...

Wolltest du allein sein?

Ich bin hierhergekommen...

Geht mich ja auch nichts mehr an.

BLING

Den Ring kenne ich nicht an ihm.

... weil ich dachte, ich sollte allein sein...

... aber jetzt bist du wieder da.

SPLASCH

...!

Was denn? Gehst du schon?

Hey...

Warte doch!

TAPP

Oh!

BLINZEL

Hallo, bin ich 'ne Bazille, oder was?

Lass das, das ist eklig!

Hab dich!

Ey!

Mann!

Spinnst du, nein! Ich mein mich!

Meine Mutter bekam das Sorgerecht und wir blieben in der Stadt.

Hör auf!

Zeig doch! Du bist süß, Tatsumi!

Halt die Klappe! Guck nicht!

Du bist knallrot geworden!

Letztendlich warteten meine Eltern, bis ich mit der Grundschule fertig war*, und ließen sich dann scheiden.

* Die Grundschule dauert in Japan 6 Jahre.

Kya
ha
ha!

Du
bist
eklig!

Hör
auf!

... sind
die
garan-
tiert...

GROOOOAH

Hopp!

Hä?
Was hast
du denn
für Fan-
tasien
?!

Sehr cool!
Du siehst
aus wie ein
Evangelist!

FLAPP

FLAPP

Was ist
das denn
für eine
Pose?

Kazushi!

GATONK

SCHAAA

SCHAAAA

War es okay für dich, nicht mit zum Karaoke zu gehen?

Warum fragst du? Ich sing sowieso nicht gern.

Aber du magst Musik.

Typen, die beim Karaoke plötzlich westliche Songs singen, sind doch ätzend.

... das ist alles westliche Musik.

Weißt du, Tatsumi ...

Das Zeug?

Nö, wieso? Wenn du sie halt lieber magst als japanische!

Weiß ich. Ich hör nur Musik, wenn du mir das Ding leihst.

Ja, und?

Also ich find, da ist überhaupt nichts dabei. Sing sie doch einfach!

Aha...

... es macht mich wütend, wenn ich gesellschaftlich auf was Belangloses festgelegt werde wie „der Typ, der beim Karaoke westliche Songs singt"...

Ja, ich mag sie einfach, aber ...

Dass du solche Dinge nicht begreifst, ist echt cool an dir...

Ein Kompliment!

War das ein Kompliment oder eine Beleidigung?

Nix da!

Ich will doch nur dein verlegenes Gesicht sehen!

Au...

へ゛ーツ/BATSCH

Ah, jetzt bist du wieder verlegen! Süß...

Hab ich denen vielleicht zugehört?!

Die anderen haben doch vorhin lauthals darüber getratscht!

Hä?! Das hat doch gar nichts miteinander zu tun. Im Übrigen stehen die Mädchen genauso auf dich! ♡ Hast du doch gehört!

Du hast überhaupt kein Taktgefühl! Keine Ahnung, warum die Mädchen so auf dich stehen!

ZETER

ZETER

Auf mich?! Seit wann?

Oh Mann, dieser Junge ist echt so...

Nee, keine Ahnung...

Weißt du was, ich such jetzt einen Song aus, den du beim Karaoke singst!

Was? Du bist doch...

... aber es ist doch eigentlich egal, was für Musik man mag.

Auch wenn ich mich echt nicht auskenn.

Ich kenn mich zwar nicht wirklich aus, aber am besten singst du einen krassen Popsong in Moll und lässt alle dahinschmelzen!

Mir gefallen die Songs, die du aussuchst...

... und für dich haben sie eine Bedeutung, also...

Ah!

Das hier mag ich!

SST

SCHAAA

WUPP

Na ja, so was hört sonst niemand!

Wünschst du dir so sehr jemand Gleichgesinnten?

Es machte einfach Spaß, mit Kazushi zusammen zu sein.

Mein damaliges Versagen belastete mich zwar immer noch sehr, aber es kam mir so vor, als gehöre es der Vergangenheit an.

Es war schon ziemlich viel Zeit vergangen, seit ich aufgehört hatte, meine Wellenstimme zu benutzen.

Ich wollte...

... diese seltsame Kraft einfach vergessen.

Wenn mir nur der Gedanke kam, die Stimme auszuprobieren...

... schlug mein Herz schneller und ich bekam keine Luft mehr.

Mein ganzer Körper lehnte sie ab.

Ich würde sie bestimmt nie wieder benutzen...

Hn

Hn

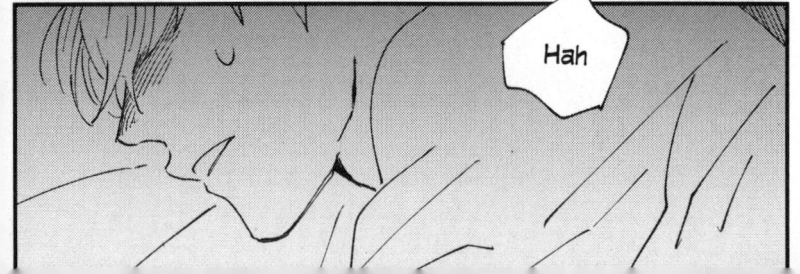

Hah

Dass man sich einsam fühlt...

... weil der Kumpel von seiner Freundin vereinnahmt wird, ist nichts Ungewöhnliches.

Die Erfahrung macht jeder mal.

Das ist ein ganz normales Gefühl.

Keine Sorge.

Schluck es runter.

Irgendwann
...

Ich will, dass du bei mir bleibst!? Ich will nicht, dass du eine Freundin hast!? Oder...

Was... was soll ich zu ihm sagen?

Und dann wird alles kaputtgehen, wie bei Papa und Mama.

... setze ich vielleicht meine Kraft bei Kazushi ein.

Kazushi!

Tatsumi...

Ich hatte nur unheimliche Angst.

SCHAAA

Ja...

... hallo?

SCHAAAA

Die Kartons sollten ausreichen, also alles nach Plan.

Ja...

Ja.

Okay, dann...

Ah, wegen des Umzugs.

Ja, das ist in Ordnung.

Ob er so scharf drauf ist, dass sich ein Kerl, den er flüchtig im Urlaub kennengelernt hat, Sorgen um ihn macht...

Wie es ihm wohl geht?

Es tut so weh!

Wah, Tatsumi!

SCHAAA

TOCK TOCK

Entschuldigung!

Was bin ich für ein Idiot.

... und jetzt freue ich mich, dass ich ihm noch mal begegnet bin.

Ich war sicher, dass ich ihn nie wiedersehen würde...

SCHRRT

Ich bin ein Idiot...

Ha ha

Du bist doch...

Hä?

Hast du auch Augentropfen reingemacht?

Ich war in letzter Zeit ein bisschen erschöpft.

Im Urlaub kann man doch einfach mal nett zu anderen sein und sich von anderen nett behandeln lassen.

Oder? Was im Urlaub passiert... du weißt schon.

Das hier ist so was wie eine Flucht vor der Realität.

Ich fliehe ...

... und fliehe ...

Flucht...

Wenn ich ihm als ein anderer wenigstens ein bisschen im Gedächtnis bleibe...

... würde mich das glücklich machen.

Zu meinem Zimmer geht's hier lang...

Ich unterhalte mich im Urlaub mit ihm, als wären wir Fremde.

... shi.

... zu...

Ka...

Auch nach dem Ober-schulabschluss blieb unge-achtet meiner Angst die Freundschaft mit Kazushi bestehen.

... ich lehnte aus Geldgrün-den ab.

Kazushi schlug vor, dass wir uns eine Wohnung teilen, aber...

Wir studierten zwar an ver-schiedenen Unis, gingen aber zum Studieren beide nach Tokyo.

... und letztlich rief ich ihn dann auch von mir aus an.

... Kazushi meldete sich immer gewissenhaft bei mir...

Ich dachte, dass der Kontakt mit der Zeit von allein abreißen würde, aber...

... es kam auch vor, dass ich überzeugt war, es nicht länger auszuhalten.

... gab es auch Zeiten, in denen ich dachte, ich könnte es schaffen, einfach ein guter Freund zu sein, doch...

In den vier Jahren unseres Studiums ...

Mach ich doch.

Behandle sie gut!

Ich dagegen...

Wie ist sie so?

... dann war...

Wenn ich mir mal einen Ruck gab und fragte...

... seine einzige Antwort ...

Och ja, nett!

Während-dessen hatte Kazushi mit einigen Frauen Be-ziehungen.

Manch-mal...

Das waren meine wahren Gefühle.

... wusste, außer dir kommt niemand infrage.

Deshalb ...

... die Kopf-hörer.

SCHAAA

... hörte ich das Rauschen der Wellen.

Ich zwang mich, den kalten, ungenießbaren Kaffee auszutrinken.

Zurück blieben nur zwei Kaffeetassen.

... und trinkt keinen Kaffee.

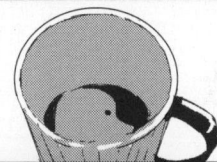

Deshalb mag Kazushi schwarzen Tee...

Ich dachte, jetzt ist es wirklich vorbei.

Hey, sollen wir nicht verreisen?

ZERR

Guck, hier!

Gut, oder?

Es gibt eine Pension, in der ich gern mal übernachten würde.

Verreisen?

Genau, ans Meer oder so!

Heiße Quellen, leckeres Essen...

HICK

Nächsten Monat, so um den 20. rum. Das würde doch passen, oder?

Oder?

...

Ja, klingt gut.

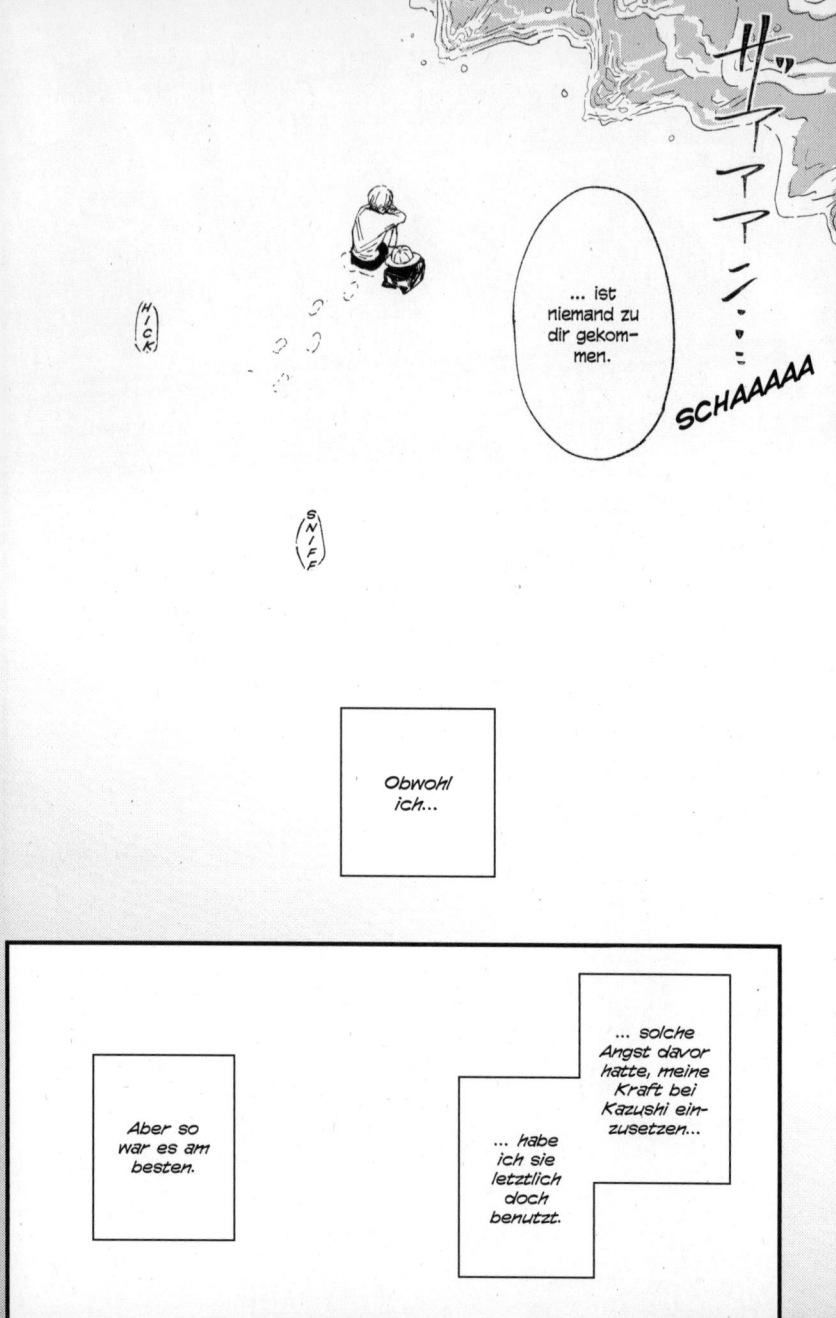

Ich fühlte mich wie ein Monster.

Allein die Möglichkeit jagte mir Angst ein.

Irgendwann hätte ich Kazushi vielleicht mit meiner Stimme zerstört.

Unter diesen Voraussetzungen hätte es keine Probleme geben sollen.

Kazushi ging nicht zu Klassentreffen.

Wir hatten keinen Kontakt zu unseren jeweiligen Familien.

Kazushi und ich hatten keine gemeinsamen Freunde, mit denen wir uns noch trafen.

Wieso bist du jetzt hier?

Ich hatte beschlossen, zum Abschied allein an den Ort zu reisen, zu dem du fahren wolltest.

Ich
liebe
dich.

Ich er-
kannte...

... im
Rauschen
der Wellen
unter.

Meine
Stimme ging,
so wie es in
meiner Heimat
gewesen war...

... meine
eigene
Stimme...

... nicht
mehr.

Kapitel 3 — Ende

... und machtlos zugleich, denke ich.

... mäch- tig...

Aber gerade deshalb hätte ich sie wenigs- tens...

Sobald man sie ausspricht, verbirgt man die vielen verschiedenen Bedeutungen, die hinter ihnen stecken.

... wie ein Idiot immer wieder aus- sprechen sollen.

Ich liebe dich!

115

Die Person, die wohl am meisten darunter zu leiden hatte, war meine Mutter, eine Vollzeithausfrau, die sich um die Gäste kümmerte.

Sie weinte oft heimlich.

Unbekannte Verwandte gingen in unserem Haus ein und aus.

Durch die Tür des Empfangszimmers drang lautes Geschrei nach außen.

... kamen versteckte Boshaftigkeiten.

Über ihre Lippen ...

Da, sieh dir mal meine alte Handtasche an!

Weißt du, deine Mutter...

Dir geht es so gut. Deine Familie hat viel Geld, Kleiner.

Wenn die Verwandten mich im Flur entdeckten, sprachen sie mich an.

... deshalb gewöhnte ich mir an, die Lesebrille meines Vaters zu tragen.

Ich hasste es, wenn sie mir ins Gesicht sahen...

An dem Tag, an dem ich Tatsumi begegnete...

Süß...

SCHAAA

Die Tränen versiegten.

Kyah!

ZUPP

Jungs ärgern das Mädchen, in das sie verliebt sind, um seine Aufmerksamkeit zu bekommen.

Es ist nicht so...

Blödmann! Widerling!

Blöd- mann!

Wider- ling!

Idiot!

Kazushi!

Dass du...

... wirklich leidest, wollte ich nicht erleben.

Eigentlich wollte ich das nicht, aber...

... und du klammerst dich mit einem Gesicht an mich, das du sonst niemandem zeigst.

... dein Körper fühlt sich heiß an...

Du sollst dieselben Songs hören wie ich!

Ich will dich besitzen.

... dann will ich dir stattdessen die Ohren verschließen.

Wenn ich es dir mit Worten nicht sagen kann...

Eigentlich ist mir klar, dass das unmöglich ist.

... noch sonst irgendwas hören.

... noch die Stimmen der Menschen...

Du sollst weder das Rauschen der Wellen...

Ja...

Ja..."

„Ja... sie ist eine Arbeitskollegin.

„Kazushi... ich... hab jetzt eine Freundin..."

PLITSCH ピチャ ピチャ PLITSCH

BÖÖÖRK

FSSCH

Puh...

Trotz-
dem...

Ich hab zu viel ge-trunken.

Der Schock war so heftig, dass ich mich übergeben musste.

DOMP

Bin ich be-scheuert?

Bis zu jenem Tag...

Als er sich von seiner Freundin trennte, war ich vor Freude ganz aus dem Häuschen.

... dachte ich, ich komme schon irgendwie damit klar.

Kazushi...

SCHAAAA

... ist niemand...

Am Strand...

... bitte...

... vergiss mich.

... und ging mehrmals zu dem Haus, in dem er wohnte, aber...

Ich konnte einfach nicht aufgeben...

Die Tage danach waren grauenhaft.

... ich brachte es nicht fertig, anzuklopfen.

Ich hatte wahnsinnige Kopfschmerzen.

GROOOOOAH

... ein Stalker ...

... mit unerwiderten Gefühlen...

Ich bin nichts anderes als...

... nahezu keine konkreten Dinge gab, die unsere Freundschaft dokumentierten.

Mir wurde klar...

... dass es aufgrund meiner Überzeugung, die Verbindung zu Tatsumi würde mein Leben lang bestehen...

...

Genau!

SCHAA

... und übernachte in derselben Pension.

H" SCHAA

Ich fahre einfach am selben Datum...

H" SCHAA

SCHAA

H" SCHAA

Ich mache diese Reise, die ich mit dir zusammen machen wollte.

Ich fahre weg.

H" SCHAA

Dieser
MP3-
Player...

Ein altes
Modell,
das man
heutzutage
nirgends
mehr
sieht...

... ist
meiner.

... meine
Songs
hört.

Ich
wollte,
dass er ...

... begegnen uns immer am Meer...

ハ゛ハ゛ーノ---
SCHAAA

Du liebst mich?

D...

... wieder...

...

Hah

Habe ich...

Hah

... benu ...?

... meine Kraft bei dir...

DOMP

Auch wenn du selbst nicht weißt, welche Stimme du gerade benutzt, weil du vom Wellenrauschen übertönt wirst...

... ich weiß es ganz genau...

... schon seit unserer Kindheit!

Du hast deine Kraft gerade nicht benutzt!

A... Au!

Was ...?

Nein!

Ich hab nichts gesagt! Gar nichts!

Doch, hast du!

... warum?

Aber ...

Was bedeutet das?

Ich...

„Ich will, dass du mich liebst."

Ich liebe dich schon seit Langem!

Das bedeutet es.

Kapitel 4 — Ende

Letztes
Kapitel

A...

...ber...

... ich hab
dir etwas
Furcht-
bares...

Ich
hab meine
Stimme
benutzt...

SCHAAA

Angst?
Vor dir?

SCHAAAA

Tatsumi...

... ist es
in unserer
Kindheit...

... je
vorgekommen,
dass uns Worte,
die in unseren
Familien gefallen
sind, nicht ver-
letzt haben?

SCHAAA

Äh...

... also...

... kam allmählich die Flut und wir bekamen nasse Füße...

Danach...

... in die Pension zurück.

... kehrten wir Hand in Hand...

Äh...

Ähm...

Sei still! Ich hab mich auf einmal geniert...

...

Was hast du denn plötzlich?

Du hast mich doch vorhin auch geküsst.

Kh...

ピク ZUCK

Uwah!

FLOMP

Okay...

Ich hab...

... jetzt nicht vor, gleich über dich herzufallen...

Das ist unvermeidlich.

Kazushi, ich... spür da was...

Unvermeidlich...

Keine Sorge. Mir...

O...

Okay!

Allerdings hat sich in über zehn Jahren einiges angestaut, also solltest du dich auf was gefasst machen...

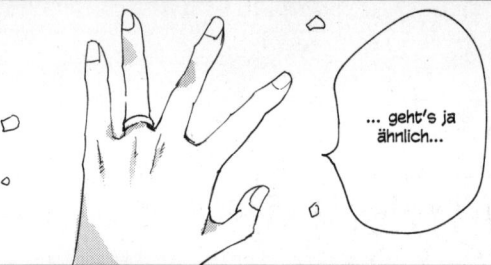

... geht's ja ähnlich...

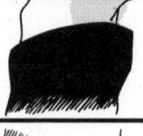

Also dann...

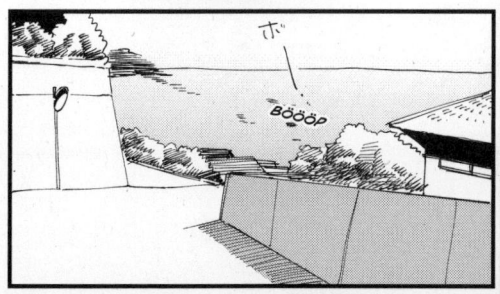

RATTANG

Hm?

FIXIER

RATTONG

RATTANG

...

Ach... nur...

Was ist?

Ha ha, stimmt!

... jetzt zusammen nach Hause fahren...

... und wir uns getroffen und so getan haben, als würden wir uns nicht kennen...

... dass wir, nachdem ich alleine weggefahren bin...

Es fühlt sich irgendwie seltsam an...

Ich hab... überhaupt nichts gemerkt.

Du warst total normal.

... irgendwie klang es viel mehr nach Anmache, als ich gedacht hatte, deshalb war ich insgeheim total panisch.

Als spontane verzweifelte Maßnahme ist mir nichts Besseres eingefallen, aber...

Als ich dich dort entdeckt hab, war mir klar, dass ich dich unbedingt ansprechen muss, aber ich hatte ganz schön Schiss.

Ich hätte das auch nicht gedacht.

Wobei es auch eine erfrischende Erfahrung war.

Uh...

Denkt er, ich bagger ihn an?

BUBUMM
BUBUMM
BUBUMM

Vor allem am Anfang. Danach hast du dich wieder einigermaßen in den Griff bekommen.

Dein Gesicht hat Bände gesprochen.

Ja, gut möglich.

He

... und ich, als hätte ich dich vergessen.

Ich hab mir vorgestellt, dass es so hätte sein können, wenn wir uns als Erwachsene kennengelernt hätten.

Du hast so getan, als ob du mich nicht kennst...

Ai war noch sehr klein...

Sie war ein kleines Mädchen und wünschte sich einen Moment der Erleichterung.

... deshalb hat sie die Trauer vielleicht sehr belastet.

Trotzdem gab es keinen Weg mehr, die Beziehung zu retten.

Auch deine Eltern wollten eigentlich mit dem Streiten aufhören.

... die Hand erhoben hat, konnte deine Stimme ihn nicht mehr erreichen.

Aber als dein Vater im Zorn...

ガタン
RATTANG

ゴトン
RATTONG

ガタン
RATTANG

See you later, Mermaid — Ende

**See you later,
Mermaid**

Vielen Dank,
dass du *See you later,
Mermaid* gelesen hast.
Es ist eine Geschichte über
eine Freundschaft aus
Kindertagen.
Ich kannte die Ausdrücke
„See you later, alligator"
und „After a while, crocodile"
und habe daraus den Titel
gemacht. Erinnert er ein bisschen
an Sayonara Sankaku*?
Ich würde mich total freuen, wenn
dir das Lesen Spaß gemacht hat.

* Manga von Midori Obiya.

Special Thanks
An meinen Redakteur, der mir im Café
endlos beim Erstellen des Plots
Gesellschaft geleistet hat.

Dento Hayane

早寝雪羽

Later
Talk

Hä?!

Ich bin zum ersten Mal in meinem Leben wütend auf Kartons.

zuck

Du ziehst es echt durch, was? Na ja... hat sich ja jetzt erledigt...

... ehrlich leid.

Es tut mir...

Das heißt also, wenn ich Tatsumi auf dieser Reise nicht eingefangen hätte, wäre das Ganze noch komplizierter geworden.

Dieses Umzugsmaskottchen nervt...

Es tut mir leid.

Oder sagen wir, ich bin eher schockiert als wütend.

Du wolltest sogar umziehen?!

Duuu...

Na ja, also...
Es ist ja gerade
Umzugssaison,
deshalb hab ich
auf die Schnelle
nichts gefun-
den...

... und
ziehe fürs
Erste in eine
Zwischen-
wohnung.

Und
wohin...?

Hä?

Was?

Äh...

?

Was für
ein Glücks-
treffer!

...

... und in
ein leeres
Zimmer in
meinem Haus
einzuziehen.

Ich habe
Tatsumi
also über-
redet...

... nicht
bis zum
Frühling
zu war-
ten...

Tatsumi,
hast du so
langsam alles
ausgeräumt?

Entschuldige, dass du das kleinste Zimmer bekommen hast.

Ich hab's als Abstellkammer benutzt.

Das Zimmer ist schön hell.

Ja.

KLACK

Was?

...

STARR

Und wir müssen ein paar Regeln für unser Zusammenleben aufstellen, oder? Also, wie hast du dir das vorgestellt?

Ach ja, wie ist es mit der Miete?

Du bist in meinem Haus.

Das ist irgendwie krass.

Ha ha

Ach, ich dachte nur... es ist so krass...

Ich bin total aufgeregt...

Oh Mann, das macht mich fertig.

Ich freu mich so.

KISS

... es gab da noch eine Sache...

DOMP

Wir hatten uns daran gewöhnt, uns ganz natürlich zu küssen, aber...

Das alles war neu.

180

Das ist es ...

Nein...

Willst du nicht?

Jetzt?

Warte ...

Kazushi ...

Ah...

ZUCK

SST

... nicht ...

GNH

Meinem besten Freund...

Ach... verdammt ...

Ich dachte, dass ich das auf keinen Fall tun darf, darum...

... ihn unsittlich zu berüh- ren...

Hah...

SST

... das Shirt hochzu- ziehen, wie ich es gerade tue...

ZUCK

ZUUUSCH

... kommst du so leicht...

... rein?

Ah

Das ist...

Ah

Ich hab...

... mich da...

... noch nie berührt ...

... also...

... ah...

... warum...

SPLOTT

... so peinlich...

Ah...

Äh...

Ah...

Äh?

.Uuuh
...

Mist!

Sorry!

Bist du...

... grad gekommen?

Hah

Hah

Wie...

... peinlich...

Äh?

Kazushi, wir...

... sind zu nervös.

Uuuh...

Das ist...

... doch nicht peinlich!

Zeig mir dein Gesicht!

DONK

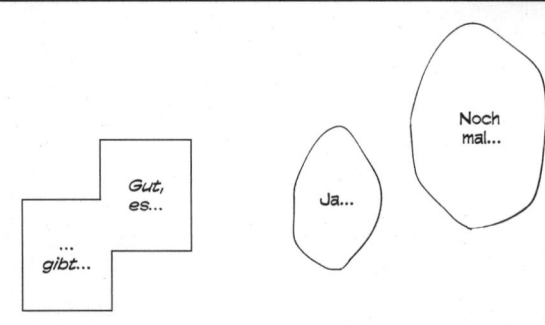

Noch mal...

Ja...

Gut, es...

... gibt...

... ein paar Dinge, die wir so nicht erwartet hatten, aber...

Und...

... wir
wollen...

... unsere
Beziehung
verändert
sich.

... auch
morgen
noch...

...
zusammen
sein...

Later Talk - Ende

SUTOPPU!

Koko wa kono manga no owari dayo.
Hantaigawa kara yomihajimete ne!
Dewa omatase shimashita!
Tanoshii hitotoki wo dozo!

Egmont-Manga-Chiimu

STOPP!

Das ist der Schluss des Mangas.
Fangt bitte am anderen Ende an!
Und nun genug der Vorrede,
viel Spaß beim Lesen!

Euer Egmont-Manga-Team

„See you later, Mermaid" von Dento Hayane
Aus dem Japanischen von Antje Bockel
Originaltitel: „ See you later, Mermaid "

Originalausgabe:
SEE YOU LATER, MERMAID
© 2020 by Dento Hayane
All rights reserved.
First published in Japan in 2020 by HOME-SHA Inc., Tokyo.
German translation rights in Germany, Austria and German-speaking Switzerland arranged by
SHUEISHA Inc. through VME PLB SAS, France.

Deutschsprachige Ausgabe:
© 2021 Egmont Manga
verlegt durch Egmont Verlagsgesellschaften mbH,
Alte Jakobstr. 83, 10179 Berlin

2. Auflage 2022

Verantwortliche Redakteurin: Luisa Steinhäuser
Gestaltung: Laura Bartels
Printed in the EU

Redaktion: Katrin Aust
Koordination: Angelika Schönhuber
ISBN 978-3-7704-4208-9

Unsere Bücher findest Du im Buch- und Fachhandel und auf:

www.egmont-manga.de

www.egmont-shop.de

Die Egmont Verlagsgesellschaften gehören als Teil der Egmont-Gruppe zur
Egmont Foundation – einer gemeinnützigen Stiftung, deren Ziel es ist, die sozialen, kultu-
rellen und gesundheitlichen Lebensumstände von Kindern und Jugendlichen zu verbessern.
Weitere ausführliche Informationen zur Egmont Foundation unter
www.egmont.com